© Editora do Brasil S.A, 2021
Todos os direitos reservados

Texto © **Leo Cunha**
Ilustrações © **Rafael Nobre**

Direção-geral: **Vicente Tortamano Avanso**
Direção editorial: **Felipe Ramos Poletti**
Gerência editorial: **Gilsandro Vieira Sales**
Edição: **Paulo Fuzinelli**
Assistência editorial: **Aline Sá Martins**
Apoio editorial: **Maria Carolina Rodrigues**
Supervisão de artes: **Andrea Melo**
Design gráfico: **Rafael Nobre**
Editoração eletrônica: **Daniela Capezzuti**
Supervisão de revisão: **Dora Helena Feres**
Revisão: **Andréia Andrade** e **Sylmara Beletti**
Supervisão de controle de processos editoriais: **Roseli Said**

Dados Internacionais de Catalogação na Publicação (CIP)
(Câmara Brasileira do Livro, SP, Brasil)

Cunha, Leo
 De memes e memórias : crônicas para curtir e compartilhar / Leo Cunha ; ilustrações Rafael Nobre. -- 1. ed. -- São Paulo : Editora do Brasil, 2021. -- (Farol)

 ISBN 978-65-5817-873-6

 1. Crônicas - Literatura infantojuvenil 2. Redes sociais I. Nobre, Rafael. II. Título III. Série.

21-66537 CDD-028.5

Índices para catálogo sistemático:
 1. Crônicas : Literatura infantojuvenil 028.5
 2. Crônicas : Literatura juvenil 028.5
   Maria Alice Ferreira - Bibliotecária - CRB-8/7964

1ª edição / 3ª impressão, 2024
Impresso na Melting Color

Avenida das Nações Unidas,12901
Torre Oeste, 20º andar
São Paulo, SP – CEP: 04578-910
Fone: +55 11 3226-0211
www.editoradobrasil.com.br

Sumário

Apresentação 6

1. Sobre idiomas e idiotas 9
2. Vingadores e não-me-toques 13
3. Aprimoramento neural 15
4. Essa é pros incrédulos 17
5. Sozinho na Notre Dame 20
6. Um cara (ir)racional 23
7. Viva, entrei oficialmente no sobrepeso! 25
8. A última esteira da academia 27
9. O que é um desembargador 30
10. Torcer e distorcer 32
11. Efeito bolateral da pandemia 35
12. Tragicomédia em 1 ato 37
13. Gandhi e o silêncio 38
14. A senha 41
15. Samambaias 43
16. Tem pai que é cego 45
17. *Downtown* e *uptown* 46
18. Pendurando as chuteiras 48
19. Um livro na fila da gasolina 50

20. Na lateral, ao lado dos meus ídolos! **52**
21. Sobre Beatles, tiros e cruzes **54**
22. Sobre o realismo **56**
23. Um título absurdo **58**
24. Tamanho não é discernimento **60**
25. Baixando a bola **62**
26. Tem pesquisa pra tudo **64**
27. Eu sou outros **66**
28. *Telemarketing* e cia. **68**
29. Tostões **71**
30. Pequena crônica *offline* sob o sol de Brasília **73**
31. O Natal e o varal **75**
32. Bartolo-nosso **77**
33. Tchau para o gênio de *O gênio do crime* **79**
34. Sobre ratos e brincos **83**

As respostas 87

Apresentação

As crônicas deste livro têm tudo a ver com o mundo conectado e interativo das redes sociais. Algumas nasceram de memes, *posts* ou notícias que li no Instagram, no Facebook ou no Twitter. Outras são respostas aos desafios, brincadeiras, correntes e polêmicas que também invadem as redes.

Por isso, na hora de me apresentar ao leitor, resolvi usar um desses desafios que postei em minhas redes sociais. Leia a seguir "9 verdades e 1 mentira sobre Leo Cunha". Será que você consegue adivinhar qual das informações é mentira?

Ficou curioso? As respostas estão no fim do livro!

1. Já fui a todos os estados brasileiros, com exceção do Amapá e Tocantins.
2. Sou extremamente distraído e já esqueci minha avó no supermercado.
3. Quando morei nos Estados Unidos, em 1984, tive duas namoradas, as duas ruivas.
4. Quando criança, tive três porquinhos-da-índia, chamados Lik, Kid e Ficador.
5. Já vi o filme *Cantando na chuva* mais de 30 vezes.
6. Sou canhoto para escrever e destro para chutar bola.
7. Tenho uma coleção de marcadores de livro com mais de 3 mil exemplares.
8. Já acertei um tiro numa placa de trânsito a 30 metros de distância.
9. Sou carnívoro, mas tenho surtos contra carne vermelha. Num deles, nos anos 1990, fiquei dois anos sem comer nada de boi, porco e cia.
10. Não sei tocar nem o bife no piano, mas tenho mais de 80 poemas e letras musicadas.

Sobre idiomas e idiotas

Não saber falar um idioma estrangeiro não faz de ninguém um idiota. Conheço pessoas brilhantes em suas áreas (ciência, futebol, fotografia etc.) que não conseguem aprender outra língua, por mais que se esforcem.

Meu pai é um desses. Estudioso, inteligente, engraçado, generoso, médico admirado por milhares de pacientes, colegas e alunos, o velho Arapa é um desastre quando se arrisca no inglês, no francês, no italiano...

Até o português de Portugal representa pra ele um desafio. Certa vez, indo de carro de Madri para Lisboa, me confessou que percebeu estar em terras lusas quando passou a não entender nada do que ouvia.

Durante alguns anos, trazia sempre no carro uma coleção de CDs de aulas de francês, e os escutava diariamente no caminho pro hospital e pra casa, fascinado (aquele fascínio que a gente sente diante de algo impenetrável, tipo um *Ummagumma*, do Pink Floyd, um *Estrada perdida*, do David Lynch, ou uma escalação do Mano Menezes).

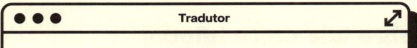

Como não podia deixar de ser, os casos divertidos se apinham nas viagens do Arapinha. Um dia, em Londres, ficou perplexo ao subir num trem pra Liverpool e achar que a guarda da estação o estava chamando pra briga ("Combat! Combat!"), quando na verdade ela estava apenas avisando que ele tinha entrado no trem errado ("Come back! Come back!").

Em Nova York, o *ticket* agarrou na roleta do metrô e o Arapa ficou horrorizado quando um brasileiro sugeriu "Pule! Pule!". Claro que ele não pulou. E claro que não havia nenhum brasileiro, apenas um americano sugerindo que ele puxasse o *ticket* de volta ("Pull! Pull!").

O contraste com minha mãe poliglota não podia ser maior. Porém, ela é tímida, e ele tem uma insuperável cara de pau. Então adivinha quem resolve os pepinos e descobre os caminhos nas viagens internacionais? Ele, é claro.

Uma vez, os dois entraram num hotel em Paris à procura de vaga. Minha mãe estava morrendo de vergonha de perguntar na recepção. Lá foi meu pai:

– Madame, you have, per favore, um quarto à disposición?

Mamãe ficou vermelha da cabeça aos pés:

– Meu bem, você não falou nem uma palavra em francês!!!

– Como não? Madame! – ele respondeu, já pegando a chave do quarto 315.

Não se aperta, o Arapa! Pelo contrário, consegue se virar em qualquer lugar do mundo. Claro que ele jamais se meteria a dar uma consulta médica para um francês, ou dar aulas em italiano, ou trabalhar numa embaixada na Inglaterra. Nem seria preciso alguém alertar "Combat! Combat!".

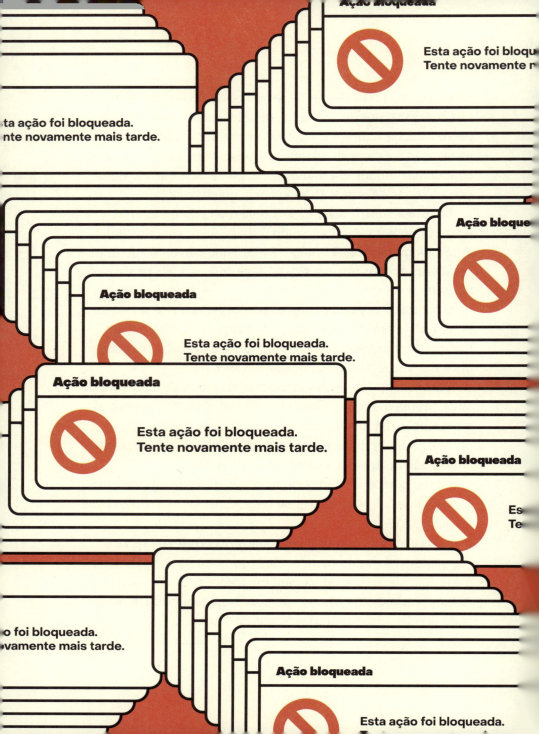

Vingadores e não-me-toques

Viralizou na *web*, um dia desses, a notícia de uma briga entre duas mulheres. A nº 1 (vamos chamá-la assim) não tem filhos, mas tem um boneco colecionável de um dos Vingadores, o Gavião Arqueiro. Avaliado em mais de 300 reais, o pequeno super-herói fica exposto em seu quarto, protegido por uma caixa de vidro. Pois bem: a nº 2, velha amiga da primeira, não tem boneco colecionável, nem caixa de vidro, mas tem um filho pequeno que voltou chorando pra casa porque não o deixaram brincar com o tal boneco.

A nº 2 tomou as dores do filho e descascou a amiga nas redes sociais: Como é que ela pode ser tão imbecil e egoísta a ponto de proibir uma criança de encostar num brinquedo? E se ele ficar doente, deprimido? "Quer saber de uma coisa: da próxima vez que ele for aí, ele vai pegar na mão, sim, e se quebrar eu pago!"

A nº 1 não fez por menos: chamou a primeira de folgada, o menino de mimizento e avisou que, se tiverem a audácia de encostar no boneco do Vingador, os dois vão voar pela janela.

E quando eu digo os dois, são a mãe e o filho. Não o Arqueiro, que, apesar de ser gavião e super-herói, é apenas uma réplica e não aprendeu a voar.

Analisando o caso unicamente com o cérebro, minha tendência seria concordar com a mulher nº 1: afinal de contas, um objeto colecionável não é brinquedo nem aqui nem na China – onde provavelmente ele foi fabricado, por sinal. As crianças precisam de limites, não é? Os pais também. E a dona tem todo o direito de deixar o valioso boneco a salvo de mãos mimadas e mães folgadas.

Mas confesso que não consigo tratar o caso unicamente com o cérebro. Afinal de contas, desde criança, sempre tive dedos vorazes e curiosos... Dá até vergonha de admitir, mas desconfio que, se eu fosse aquele menino, voltaria pra casa muito frustrado de não brincar com um boneco tão bacana. Eu ia querer sentir nas mãos a textura daquele miniarco e flecha, pra ver se é flexível como um arco de verdade. Ia querer conferir se os braços e as pernas se mexem e se a cabeça gira. Eu ia sair voando com ele pela sala, atacando inimigos imaginários. E, ao final, pelo jeito, iria eu mesmo voar pela janela, junto com minha pobre mãezinha, os dois arremessados furiosamente pela colecionadora de vingadores e vinganças.

Aprimoramento neural

(para minha filha Sofia, no dia do Enem)

Uma garota que brilhou no Enem revelou, recentemente, que usa uma droga para o aprimoramento neural.

Ela explicou que vem usando regularmente a droga, há anos, e já desconfiava que a substância a ajudaria no resultado.

Imaginava, porém, que seus concorrentes na prova também a usassem na mesma frequência e com tanta intensidade.

O cérebro humano tem 100 bilhões de neurônios, e cada um deles (pasme!) pode realizar 10 mil sinapses. De nada adianta, porém, se não aprimoramos a qualidade dessas conexões, e é justamente aí que a droga age.

Não é ritalina, cocaína, *ecstasy* nem *ayahuasca*.

Curiosamente, é um estimulante que pode ser encontrado legalmente em lojas ou na internet.

A droga se chama literatura.

Essa é pros incrédulos

Alguém aí já tentou descer do carro numa ribanceira, no meio de um dilúvio, segurando, numa mão, carteira e celular e, na outra, uma sombrinha dessas vagabundas de R$ 11,99 no supermercado?

Claro que ia dar errado, vocês vão dizer. Óbvio. Mas o geniozinho aqui achou que ia dar conta.

Semiabri a porta do carro com a perna esquerda, só o suficiente para passar a sombrinha ainda fechada. Segurei o cabo com a mão esquerda e, com a direita (que, lembremos, segurava a carteira e o celular), tentei desdobrar a engenhoca medieval. Só pra constar, sou canhoto. Das duas mãos, inclusive.

Resultado: no instante em que dei o arranque pra abrir a sombrinha, a bandida agarrou no meio e minha vida caiu na enxurrada. Minha vida, no caso, eram o celular e a carteira com todos os cartões de crédito, identidade, habilitação e mil reais que eu estava levando pro marido de aluguel. Antes que comecem com piadas, foi minha irmã que contratou o marido de aluguel (ah, deixa ela ler isso...).

Quando dei por mim, a carteira e o celular já desciam longe, carregados pela enxurrada. Eu tinha segundos preciosos para tomar uma decisão fundamental. A carteira ou o celular? Viciado como sou, normalmente teria ido no celular. Cartão de crédito a gente bloqueia, documento a gente tira segunda via. A carteira que seguisse seu rumo até um bueiro. Mas como é que eu ia deixar na mão minha irmã e o marido de aluguel? E as mil pratas?... Optei pela carteira.

Desci desembestado na tempestade seguindo a correnteza que ladeava a calçada. Avistei minha carteira a uns 10 metros descendo toda serelepe. Dava tempo. Acelerei o passo e meti o pé logo à frente dela. A mercenária capitalista selvagem fez meu pé de tobogã e voou por cima. Corri mais um pouco e, na segunda tentativa, consegui pisar em cima dela. Salvei o marido. Salvei a irmã.

Meti a carteira encharcada no bolso e pensei: do celular é melhor desistir. Ele é 4G, muito mais veloz que a carteira, já deve estar dobrando a esquina lá embaixo...

Mas e as centenas de fotos? E os poemas rascunhados no Notas? E os contatos todos na memória? "Por que não salvei tudo na nuvem?", amaldiçoei a mim mesmo. Se bem que, naquele temporal, aposto que a nuvem já tinha despejado tudo na rua.

Heroicamente, decidi ir atrás do celular. Fui descendo, descendo, descendo, cada vez mais descrente, até que, uns três prédios pra baixo, vi uma entrada de garagem com uma rampinha pra fora da calçada. A água batia ali e subia um metro de altura, feito um cânion. Olhei pro triangulinho de concreto que barrava parcialmente a enxurrada e pensei: "Será que eu meto a mão ali? Vai que um *It, a coisa* aparece do meio do cânion e me puxa pro submundo das drogas e dos ratos de porão?". Mas não tinha outra saída.

"Arraste-me para o inferno!", gritei, repetindo o nome de um ótimo terror *trash* do Sam Raimi e metendo a mão onde (talvez) não devia.

Não é que a rampinha tinha mesmo servido de barragem? Meu celular estava ali, são e salvo. E intacto. "Milagres acontecem!", gritei para os incrédulos. Tanto é que estou aqui escrevendo esse *post* no xkklle9 jdk-eiolj %ˆ&*¢ª••ª...ÆÒ°°Ï.

PS: Lamentamos informar que a sombrinha não resistiu.

Sozinho na Notre Dame

(escrita em 15/04/2019, dia do incêndio da Catedral de Notre Dame)

Naquele dia, decidi que seria a primeira pessoa a entrar na Notre Dame. O primeiro turista, pelo menos, já que certamente haveria padres e funcionários lá dentro.

Eu já tinha visitado a igreja outras vezes, mas sempre no meio do burburinho de um local que recebe 12 milhões de pessoas por ano. Não sou muito de rezar, mas queria curtir o silêncio imenso dos arcos de pedra. Apurar sozinho a eterna primavera dos vitrais.

Deixei mulher e filhos dormindo, saí de fininho do hotel e cheguei às 6h20 na ilha. O dia começava a clarear. Tal como imaginei, não havia ninguém na porta. Dali a pouco, quando abriram, fui o primeiro a entrar. Pisei de mansinho, embora não houvesse ninguém pra escutar meus passos.

Vazia, a catedral dobrou, triplicou de tamanho. Todo aquele espaço à espera de preces e súplicas e agradecimentos,

mas eu, quase envergonhado, só queria admirar. Todo aquele ar pronto para abrigar a fé e a esperança, mas propício também (sabemos agora) para alastrar o fogo.

Sentei numa das primeiras fileiras da frente, de onde podia ver os dois vitrais, um de cada lado. E respirei fundo, uma, duas, três vezes. Foi aí que o órgão começou a tocar. Aquele órgão hipnótico, com mais de 8 mil tubos. Não era nenhuma música em especial, acho que o organista estava apenas aquecendo os dedos.

E, sem escapatória, tive fé na humanidade, capaz de criar aqueles arcos, aquele vitral, aquelas telas, aquela música.

Um cara (ir)racional

Gosto de pensar que sou um cara bastante racional, lógico, equilibrado. Mas quem estou querendo enganar? Basta parar pra pensar e logo consigo lembrar várias coisas irracionais que eu faço no dia a dia.

1. Xingo de tudo quanto é nome cada pernilongo que eu mato. Como se o bichinho fosse entender, morto. Ou vivo. E não venha me olhar com essa cara de reprovação, como quem diz: "Mas você, Leo, um homem desse tamanho, matando e insultando um bichinho indefeso?". Bem, lembremos que o pernilongo é transmissor de uma pancada de doenças e faz milhares de vítimas todo os anos. Além disso, você que está me censurando deixa de tomar remédio para matar piolhos só porque eles são pequenininhos, muito menores do que os pernilongos?

2. Acredito que certos amigos são pé-frio e torço pra eles não irem ao estádio, pra não dar azar pro meu time. Como se o pé--frio só funcionasse num raio de 200 metros do círculo central!

3. Compro sempre calças *jeans* do mesmo tamanho, há 20 anos, ignorando solenemente os avisos da balança de que eu já mudei de patamar (ou mudei de Panamá, como diz a moça que trabalha com a minha mãe).

4. Deixo um copo cheio d'água na mesa de cabeceira, na hora de dormir, mesmo sabendo que de noite, sem óculos, vou bater o braço nele e derrubar toda a água pela superfície, ensopando o livro que estou lendo atualmente. Aliás, eu já devia comprar dois exemplares de uma vez!

5. Bato no meu rosto três vezes pra afastar o azar. O normal seria bater na madeira, mas considero que, pra acreditar nessas bestagens, eu tenho que ser muito cara de pau, então tá valendo bater três vezes na cara.

Fora isso, sou um sujeito até bem equilibrado e racional. E você? Quais são as coisas irracionais que você faz?

Viva, entrei oficialmente no sobrepeso!

(pequena reflexão sobre a ironia em tempos de pandemia)

Entre as figuras de linguagem, a ironia é, sem dúvida, uma das mais sofisticadas. Ela pede que o leitor não apenas seja atento e perspicaz, mas também que esteja inteirado de todo o contexto que cerca aquela frase ou texto. Não é à toa que o Veríssimo sugeriu que, ao lado da exclamação e da interrogação, fosse criado um ponto de ironia, para alertar leitores desatentos ou obtusos.

Meus alunos cansaram de ouvir o seguinte exemplo: Se Fulano entrar na sala agora, no meio da aula, e eu disser "Chegou cedo!", vocês vão achar que é uma ironia, pois a aula já começou há meia hora.

Porém, imagine que o Fulano mora muito longe e sempre chega na faculdade com 40 minutos de atraso. Se ele entrar agora e eu disser a mesma frase, "Chegou cedo!", não vai haver ironia alguma. Estarei realmente cumprimentando o Fulano porque ele conseguiu chegar com 30 e não 40 minutos de atraso. O contexto é tudo!

Dito isso, volto ao título do texto. Certamente, o leitor deve ter imaginado uma ironia minha, ao comemorar o sobrepeso.

Ocorre que entrei na quarentena pesando redondos 104 kg, o que correspondia a um Índice de Massa Corporal (IMC) de 34. Estava literalmente obeso, segundo a Organização Mundial de Saúde (OMS). A pressão também estava elevada, na casa de 14/10.

Pra piorar, logo nos primeiros dias de isolamento eu descobri que a covid era mais perigosa nos hipertensos. Eu estava no grupo de risco e não podia bobear.

Acontece que sou um irrecuperável otimista. Decidi, então, que – em meio a tanto medo, insegurança, solidão, saudade e limitação impostos pela quarentena – eu buscaria um lado bom: perder peso e diminuir os riscos. Encarei aquela esteira elétrica que há anos enfeitava a sala, para felicidade da minha mulher (ponto de ironia), e resolvi transformá-la em mais do que cabide e prateleira.

Depois de cinco meses de atividade física diária, a balança finalmente apontou 89 kg, o que derrubou meu IMC para 29,5. Ou seja: saí do campo da obesidade (IMC acima de 30) e entrei oficialmente no campo do sobrepeso (25 a 30).

Portanto, amigos, não havia ironia nenhuma no título. Seja bem-vindo, sobrepeso!

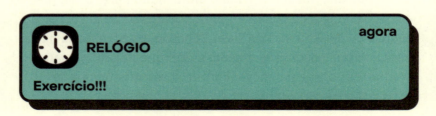

A última esteira da academia

A pandemia de 2020 fez muita gente se revelar. Alguns se mostraram mais calmos do que a gente esperava, outros, mais impacientes. Uma parcela da população finalmente descobriu a desigualdade do país, a miséria, o preconceito. Houve quem se dedicasse, surpreendentemente, a ajudar os outros. E, claro, muita gente só fez confirmar o que se esperava delas... Nada!

De todo mundo, quem mais conseguiu me assustar foi a turma que se recusou a seguir as normas de isolamento e prevenção. Por exemplo, os que não aceitavam usar máscara na rua, nas lojas, nos bancos e nas farmácias. Essa gente que se acha a última bolacha do pacote, a última coca-cola do deserto, a última esteira vazia da academia.

Um dia – quando os casos e as mortes estavam no auge – fui ao supermercado e, no caminho, cruzei com várias pessoas sem máscara. Uma delas era um sujeito num conversível lindo, dos anos 1940. Outra meia dúzia eram sujeitos bem malhados, correndo sem camisa.

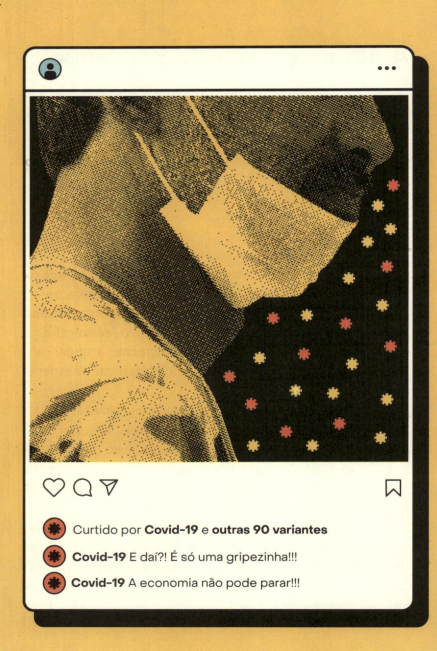

Fiquei tentando entender a lógica desse pessoal: de que adianta ter um carro daqueles se você não pode nem exibir seu rosto? De que vale esculpir o corpo se ninguém vai saber quem você é?

Aposto que, na opinião deles, a ciência, a OMS e os governantes poderiam cogitar, talvez, em abrir exceção para carrocerias e músculos conservados com tanto esmero.

Melhor ainda: o próprio vírus podia repensar seus modos indiscriminados e ser mais condescendente com essa gente que só deseja encher a rua de beleza, charme e privilégio.

Vale lembrar que, muitas vezes, a última esteira da academia só está vazia porque o motor quebrou. A última coca do deserto está com prazo vencido. A última bolacha ficou escondida ali no cantinho do pacote e, se bobear, já mofou.

O que é um desembargador

Quando criança, eu tinha um tio de segundo grau que era desembargador. Como eu sentia pena daquele homem! Outros tios eram médicos, engenheiros, advogados, dentistas, fazendeiros, comerciantes, e aquele ali, coitado, era um desembargador.

Na minha ignorância infantil, eu imaginava que um desembargador tinha um trabalho inóspito e fatigante, como um desentupidor, ou um trabalho braçal e dolorido, como um estivador, ou ainda um trabalho monótono e repetitivo, como um despachante. Não era, nem de longe, uma palavra que me remetesse a prestígio, estudo, alto salário, nada disso.

Lembro até hoje do susto que levei quando um dia meu avô disse: "Só quem pode ajudar é o meu sobrinho Fulano, que é desembargador".

"Como assim?", pensei. Mas ele não descarrega contêineres no porto? Ele não limpa canos e ralos? Ele não passa o dia na fila do Detran?

Foi naquele dia que descobri a responsabilidade e o valor de um desembargador. Apesar do nome esquisito, aquele cargo era o ponto alto de uma carreira brilhante no Direito.

Demorei mais um pouco pra entender a importância fundamental dos despachantes, desentupidores e estivadores, mas é assunto para outra crônica.

O fato é que me lembrei disso tudo quando li, hoje, a notícia do desembargador que humilhou um guarda, chamou-o de analfabeto e rasgou a multa que tinha acabado de receber por desobedecer à regra mínima de civilidade em tempos de pandemia: usar máscara quando estiver em público.

Eu tinha a desculpa da idade para não saber o que é um desembargador. Ele, com seus cabelos brancos, até hoje não sabe.

Torcer e distorcer

(escrita uma semana após o acidente com o avião da Chapecoense)

Vários amigos e alunos se espantam quando digo que sou apaixonado por esportes. Já recebi olhares de desdém e risinhos de lado, como se dissessem: "Achei que você fosse um artista" ou "Você nunca me enganou com essa pinta de intelectual"...

Mas não vejo nenhuma incompatibilidade entre o esporte e as artes (ou o intelecto). Pelo contrário: entendo o esporte como uma das mais sofisticadas invenções artísticas e intelectuais do ser humano.

O mais bacana é como ele consegue transferir as disputas entre os homens (e povos, e cidades, e nações) para o lado simbólico, deixando a violência no passado. Em vez de inimigos, adversários. Em vez do tiro no peito, uma bola no ângulo. Em vez da cabeça cortada, o voleio. Em vez da invasão, o *touchdown*. Em vez da emboscada, um corta-luz. Em vez do

vale-tudo, um árbitro pra solucionar as situações duvido-
sas. Isso não é pura arte e, ao mesmo tempo, pura inteligên-
cia humana?

Poucas coisas me entristecem mais do que ver torcidas que
distorcem (opa!) essa linda criação e materializam de volta a
guerra, a agressão e a violência, a ponto de não poderem se
sentar uma ao lado da outra num estádio. Acabei de sacar,
enquanto escrevia aqui, que torcer é o oposto de distorcer! A
gente também escreve pra entender o mundo.

Mas por que estou escrevendo tudo isso? Você pode querer saber... Só pra comentar que recebi uma mensagem de um
adolescente dizendo que leu o meu livro *Na marca do pênalti*,
dias depois do acidente com o avião da Chapecoense, e que o
livro o ajudou a reencontrar a graça do futebol.

E veja que curioso: foi quase isso que o Roger Mello me
contou quando ilustrou o meu livro, lá em 1998. Ele disse
que não entendia nada de futebol, e que o livro o fez olhar
com mais simpatia e interesse o mundo do esporte. Dizem
por aí que futebol é uma caixinha de surpresas, mas gosto de
uma versão mais artística: para mim, futebol é uma caixinha
de música.

Efeito bolateral da pandemia

Durante a quarentena de 2020, eu me desliguei totalmente do futebol. Não li uma notícia sequer. Não vi nenhuma reprise dessas que passaram por aí. Não me lembrei de espiar os programas esportivos da TV e do rádio, que gostava de acompanhar. Não sei quem foi comprado ou vendido, não faço ideia se algum jogador pegou a covid, não imagino qual foi a última do Neymar. Parei até de ler alguns colunistas que eu curto, como o Juca Kfouri. Na hora de renovar o contrato da TV a cabo, cancelei o pacote *pay-per-view*, que me dava direito aos jogos da série A e B.

Quem me conhece sabe que eu costumava ver vários jogos por semana, não só do meu time (o Cruzeiro) mas também do Barcelona, do Liverpool, do Manchester City, de seleções etc. Futebol era uma das minhas distrações, fazia quase parte da agenda. "Hoje não dá, tem jogo!" "Me liga depois do jogo!" "Topa assistir ao jogo amanhã?"

Antes da pandemia, estava animado pra acompanhar a épica jornada do meu time de volta à série A. Seria uma aventura e tanto, como garantem meus amigos atleticanos, gremistas, corintianos, que também já foram rebaixados no passado. Um ano inesquecivel se anunciava.

Porém, depois de alguns meses de quarentena, acordei um dia e li, nas redes sociais, o *post* de uma querida amiga flamenguista, a Silvana, e, com espanto, me dei conta de que não estava nem aí pra nada daquilo. Futebol era um assunto que nem me passava mais pela cabeça.

Que coisa triste. Que coisa boa.

Tragicomédia em 1 ato

– Leo, uma pergunta: como fazer pros meus alunos lerem mais poesia?
– Manda por WhatsApp...

(FIM.)

Gandhi e o silêncio

Mahatma Gandhi morreu de frio no portão da minha casa. Ele não fez nenhum barulho, não gostava de confusão, resistiu pacificamente à dor e ao frio daquela noite de inverno. Ninguém da família o viu lá fora. Ninguém ouviu nada. Na manhã seguinte, meu pai o encontrou estirado diante do portão, com a cabeça sobre as patas.

Durante a noite, nós quatro – meus pais, minha irmã e eu – vasculhamos todos os cômodos, rodamos o jardim, fuçamos o canil, gritamos, chamamos, berramos. "Cuidado, vai acordar os vizinhos", pedia meu pai, mas ele mesmo era o que mais se esgoelava, revelando seu carinho. De nada adiantou nosso escarcéu, porém. Como acontece com muitos dálmatas, Gandhi era totalmente surdo. Por isso morreu de frio, do lado de fora do portão.

Demoramos muito a descobrir o problema da audição. Ele chegou lá em casa bem pequetito, filhotinho ainda, poucas semanas de vida. Era nosso primeiro bicho de estimação, e aquela raça a gente só conhecia do famoso desenho *101 dálmatas*.

Na animação, os cachorrinhos eram superanimados (desculpe o trocadilho), espertos e atentos. O Gandhi não. A gente falava e falava e falava com ele, e o bichinho nem *tchum*.

No início, pensamos que era normal, vai ver todo cachorro era assim, demorava a entender os chamados. Mas ele foi crescendo e nada de atender aos nossos pedidos e ordens. Vem cá! Senta! Levanta! Deita! O Gandhi ficava lá na calma dele, avoado, contemplativo. Mal virava a cabeça pra gente. Contratamos um adestrador de cachorros e, logo na primeira sessão, ele deu o veredito: "Esse cachorro docês é surdo!".

Isso não impediu, é claro, que ele fosse muito amado. Numa foto antiga, que tenho até hoje, o Gandhi está todo aconchegado no colo da minha mãe, e minha irmã, vestida de bailarina, segura a patinha dele com o maior carinho. Estou logo ao lado, com meus 10 anos de idade e um cabelão de roqueiro. Na época, confesso, eu era muito fã de *rock* progressivo (mas se alguém espalhar eu nego!).

O Gandhão era um bicho muito querido. Gandhão, sim senhor, você não leu errado. Porque logo depois ganhamos um pinscher pretinho e marrom, muito do espevitado. Virou Gandhinho, embora não tivesse um milésimo da tranquilidade budista namastê hakuna matata do colega pintadinho. Pelo contrário: todo dia o Gandhinho escapulia por entre as grades do portão pra correr atrás de carros e motos, latindo e rosnando feito um maluco. O Gandhão a gente nem deixava sair pra rua direito, porque ele não ouvia o barulho dos carros e corria o risco de ser atropelado.

Depois que o Gandhinho sumiu e o Gandhão morreu, nunca mais tive coragem de ter um cachorro. Achei sensacional quando vi as ilustrações que o Laurent Cardon fez pro meu livro *As fantásticas aventuras da Vovó Moderna*. Sabe-se lá por que, o Laurent teve a grande ideia de pegar um cachorro de estimação – que mal aparecia no texto – e o transformar num dos personagens mais importantes do livro, ao lado de um gato que nem tinha entrado na história. Tudo isso só por conta da ilustração! Foi o mais próximo que eu tive de ter um cachorro só meu, desde o dia em que Mahatma Gandhi morreu em silêncio, no portão da minha casa.

A senha

Acabei de dar mais um passo firme rumo à velhice. Entrei no banco e a atendente me abordou toda solícita:

– O senhor precisa de senha?

Já fiquei de pé atrás. Acho estranho quando me chamam de senhor, nunca chamo ninguém de senhor, não temos esse hábito na família.

Mas relevei e sorri de lado, pois me veio à cabeça a cena de alguém pisando no portal do paraíso e deparando-se com a indagação tão existencial: Será que o Senhor precisa de senha?

– Preciso sim – respondi.

– O senhor tem prioridade?

Aí não, minha filha! Prioridade?! Assim você me tira da praça!

Deu vontade de responder invocado:

– Tá me chamando de melhor idade, sua operadora de pa-re-e-siga com crachá de banco!

Mas a voz da razão falou mais alto. Na verdade, a voz do deboche:

– Sou prioridade sim, mas esqueci minha bengala em casa...

Agora ela ia se envergonhar de tomar por velhinho um su-jeito de 52 e meio, quase no auge da forma física e mental.

Mas a resposta dela me pegou no contrapé:

– Se o senhor precisar, o banco empresta cadeira de rodas.

É moçada, não tem jeito. Nós, maduros, experientes, lon-gevos, não conseguimos mais ganhar nem um bate-boca na porta do banco. Não tem senha que resolva.

Samambaias

Eu acredito no acaso. Mas, por via das dúvidas, também abro as janelas pra ele entrar. Claro, porque o acaso é intrometido e bisbilhoteiro. Não resiste a uma porta aberta, um cheirinho de coincidência.

Outro dia mesmo eu estava conversando com um rapaz na fila do dentista. Estávamos só os dois na sala de espera, várias revistas espalhadas pela mesa, um aparelho de TV pendurado na parede, feito samambaia, passando Globo News. Havia muitos estímulos ali pra eu não puxar conversa com meu companheiro de aflição pré-odontológica.

Por sorte (e o acaso não dispensa a sorte, tá pensando o quê?), meu celular estava sem bateria, então intuí que o melhor passatempo ali era mesmo prosear com o moço.

Descobri que ele não estava esperando sua vez de ser atendido. Não, estava acompanhando a mãe, que naquele exato momento era atendida no consultório 3. Uma obturação.

A mãe não o preocupava nem um pouco. Estava ótima. O pai, porém, dava os primeiros sinais de esquecimento, distração exagerada, avoamento. Ele não mencionou a palavra Alzheimer.

Tive vontade de dizer pra ele que sou escritor de livros infantis e que, no meu *Cachinhos de Prata*, também fiz isso: contei a história de uma velhinha com Alzheimer sem jamais usar o nome da doença.

Mas seria indelicado da minha parte. Se ele não abraçou a palavra ainda, é porque não está na hora. Não podia, eu, dar o empurrão.

Assim, apenas falei do meu livro, usando também a palavra esquecimento. O rapaz anotou o título, o meu nome, o nome da editora, disse que ia comprar "pra mãe ler".

Saí com a sensação de que ele ia ler também. A janela pro acaso estava aberta. Entrei feliz para minha consulta, enquanto dois economistas debatiam na tevê Samambaia se era certo ou não a universidade pública cortar a verba para Filosofia e Sociologia.

Tem pai que é cego

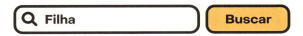

Certa vez, no Rio de Janeiro, saí correndo pelo Barra Shopping feito um louco, porque tinha perdido a minha filha, Sofia, na época com quatro anos de idade.

Que tragédia! A coitadinha longe de casa, numa cidade desconhecida, não saberia dizer pro guarda (pior, pro sequestrador!) nem o nome do bairro, o endereço, muito menos o telefone pra ele pedir o resgate. Era o fim!

Zanzei pra lá e pra cá, bufando, suando aflito. As pessoas nos corredores me olhavam com um ar de reprovação, certamente condenando aquele episódio de paternidade nada exemplar.

Minhas pernas foram se cansando, minha coluna envergando. O peso da culpa se abatia sobre mim. Até que escutei a voz dela lá no alto:

– Tá procurando o que, pai?

Ela tava sentada no meu ombro, tranquila, com um sorriso malandro no canto da boca.

Como diz meu amigo e xará Sérgio Leo, "Felizes os pais que não sentem no ombro o peso dos filhos".

Downtown e uptown

Hoje, meu filho Dedé faz 10 anos, e sua maior emoção é saber que, a partir de agora, vai poder andar no banco da frente. Está contando os dias desde o meio do ano, doido pra satisfazer esse desejo incontrolável que as crianças têm de sentar ali no banco dianteiro, como se ficar perto do freio de mão e do porta-luvas fosse mudar totalmente a vida delas.

Em seu primeiro passeio na nova posição, demos uma volta de carro pelo centro de BH. Estava indo tudo tranquilo até que, do nada, ele começou a gritar:

– Olha ali, pai, que legal! Eu nunca tinha visto.

Olhei pra um lado e pro outro e não consegui enxergar nada de anormal ali, no meio do caos urbano. O que será que estava deixando o Dedé tão empolgado?

– Tira uma foto, pai! Aproveita o sinal fechado.

– Mas tirar foto do que, Dedé?

– Eu só tinha visto isso naquele clipe do "Uptown Funk"! Não sabia que tinha no Brasil também!...

Resumo da ópera-*funk*: o Dedé estava falando do engraxate! Ele nunca tinha visto um ao vivo e em cores. Só mesmo no tal clipe.

Parabéns, meu filho! Que você continue se encantando com as pequenas coisas deste mundo cheio de graça (e de graxa).

Pendurando as chuteiras

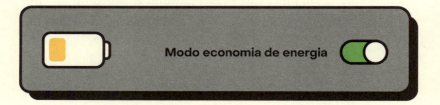

Adoro essa expressão dos boleiros, "pendurar as chuteiras", ao mesmo tempo irônica e melancólica. Os jogadores de futebol geralmente penduram as chuteiras com trinta e poucos anos, saudáveis, com muito ainda pra viver e aprender.

Hoje, 7 de julho de 2020, eu penduro as chuteiras do UniBH, escola que me acolheu em 1997 e à qual me dediquei durante 47 semestres seguidos, manhã e noite, no curso de Jornalismo (e, em alguns semestres, também nas turmas de Publicidade e de Fotografia).

Saio lépido e faceiro (como dizia meu avô), numa decisão tranquila e ponderada. A cada ano, tem sido mais difícil conciliar as aulas na faculdade com minhas atividades literárias (escrever, traduzir, visitar escolas, participar de eventos literários, ministrar oficinas etc.).

Em 2019, fiz 22 viagens. No ano anterior, 25, e por aí vai. Cumprir meus horários na faculdade era uma ginástica cada vez maior. Já cheguei aos 70 livros publicados, fora os mais de 30 que traduzi. Todos os compromissos em torno desses livros (e dos próximos) me impedem de manter a rotina como professor da graduação.

Estou pendurando as chuteiras, mas não abandonando o barco (pra usar outra expressão popular carregada de malícia). Gosto muito de ser professor e continuarei lecionando em qualquer instituição que me convide para oficinas ou cursos curtos, que não entrem em conflito com minhas atividades literárias.

Para além de alguns milhares de alunos, fiz grandes amigos nos meus 24 anos em sala de aula. Tive o orgulho de ver inúmeros alunos seguirem brilhante carreira jornalística e, para minha surpresa, alguns também se aventurarem na literatura, como o Adriano Messias, o Matt Ferraz, a Brisa Marques, a Aline Cântia, a Sophia Mendonça e outros mais. Todos são talentosos e certamente fariam sucesso sem minhas aulas, mas gosto de pensar que ajudei um bocadinho essa moçada. Deixa eu me gabar um pouco, né?

Se os jogadores deixam o futebol ainda jovens, eu penduro as chuteiras aos 54, ainda longe de poder me aposentar. Mas isso é nada diante da sensação de liberdade, autonomia (e confesso, um pouco de alívio) que começo a sentir desde já.

Agradeço muito e desejo paz e sucesso aos professores e alunos que cruzaram o meu caminho. E bola pra frente, que essa chuteira aqui vai descansar feliz.

Um livro na fila da gasolina

Em plena greve dos caminhoneiros, estou aqui, há mais de uma hora, na fila da gasolina. Com o tanque vazio, mas abastecido de contos, coca-cola e muita paciência. Diz o rapaz do posto que eles ainda têm combustível suficiente para atender 110 carros. Sou mais ou menos o centésimo da fila. Torçam por mim!

De repente uma buzina altíssima me assusta, porque estou compenetrado lendo um livro de contos. De cinco em cinco minutos os carros andam e eu não percebo, porque estou concentrado na leitura. Aí os caras atrás de mim, sem nada pra fazer nem pra ler, começam a buzinar na minha orelha.

Passa tempo, passa tempo. Agora faltam 10 carros até o meu e o moço do posto acabou de esgoelar lá na frente: "Acabou a gasolina! Só tem um restinho de álcool...".

Agora vai ser na fé. Pelo menos um pouquinho de álcool tem que sobrar pra mim. E olha que eu nem bebo! Quem é mesmo o padroeiro dos pinguços?

De vez em quando eu paro de ler pra espiar os recados no WhatsApp.

Minha irmã quer saber se a gasolina está caríssima. *Claro que sim*, eu respondo. Os postos estão aproveitando a greve pra cobrar um preço estapafúrdio.

– Vai deixar quantos rins aí? – minha irmã pergunta.

E, modéstia à parte, eu faço um belo de um trocadilho:

– Não sei. Sou ruim de cálculo renal.

Sacou? Cálculo renal! Tudo bem se você não entendeu. Na hora, pelo menos, achei o trocadilho ótimo...

Depois de 1 hora e 54 minutos na fila, consigo finalmente abastecer meus 100 reais permitidos.

Saldo da experiência: li três contos bacanas, fiz um bom trocadilho e tive a oportunidade de usar a palavra "estapafúrdio".

Ou seja: não foi tão ruim. Se as pessoas lessem mais nas filas intermináveis deste país, muita coisa podia mudar!

Na lateral, ao lado dos meus ídolos!

Q uem me vê assim, rechonchudo, não deve imaginar que eu jogava bola religiosamente, três ou quatro vezes por semana, com os amigos Mauro, Odilon, Luca, Paulinho, Carlos Eduardo, Fernando Gomes, Fernando Furtado e outros. Até o Samuel Rosa, do Skank, costumava jogar com a gente, de vez em quando. Isso lá pelos anos 1990.

Depois de dois ou três ligamentos rompidos no tornozelo e intermináveis sessões de fisioterapia, fui obrigado a jogar a toalha. Nunca mais chutei uma bola. Tive que me contentar em escrever sobre futebol, em crônicas, poemas e livros juvenis.

Quando fiquei sabendo da existência de um escrete brasileiro de escritores, o Pindorama, minha frustração foi aos píncaros. Que pena: eu jamais entraria em campo com craques das letras e da bola: Flávio Carneiro, Gustavo Bernardo, Marcelo Moutinho, Marcos Alvito, Rogério Pereira, Otávio Cesar, Junião e meu chapa Ricardo Benevides.

Mas, não sei se vocês sabem, o futebol é uma caixinha de música. Não é que o escritor José Santos e o locutor Rogério Corrêa – sem saber do meu passado boleiro e da minha frustração por não jogar no Pindorama – me deram a incrível felicidade de me escalar na seleção brasileira da literatura infantil? É verdade: estou ali ao lado de ídolos como João Carlos Marinho, Pedro Bandeira, Ricardo Azevedo, Ziraldo, Elias José, Bartolomeu Campos Queirós e outros tantos. Lobato no gol levando chute de todo lado.

Claro que essa seleção jamais poderia sair do papel. Está registrada apenas no livro *Uma escola em jogo*, que José e Rogério publicaram pela editora SESI-SP.

Não sei se eles sabiam que eu sou canhoto, mas me escalaram justamente na lateral esquerda, onde minha função, certamente, é chegar à linha de fundo e levantar a bola pros poetas artilheiros José Paulo Paes e Sérgio Capparelli. Não precisa mais nada, não!

Sobre Beatles, tiros e cruzes

Meu filho Dedé, de 9 anos, está naquela deliciosa fase beatlemaníaca pela qual todo mundo devia passar um dia.

Hoje, na hora do almoço, ele veio com uma pergunta estranha:

– Papai, o cara dos Beatles que foi assassinado foi o mesmo que falou que era mais famoso que Jesus Cristo?

– Ele mesmo, o John Lennon. Nos anos 1960, ele disse que os Beatles eram mais famosos que Jesus.

– Então ele mereceu levar o tiro.

E agora?! O que um pai responde numa hora dessas? Que torcer pra alguém levar um tiro não é nada cristão? Que o próprio Cristo foi assassinado e muita gente, na época, achou que ele merecia? Que ninguém merece levar um tiro nem ser crucificado?

Acabei indo por outro caminho. Expliquei que existem mais de 6 bilhões de pessoas no mundo, centenas de países, e que, em muitos desses lugares, a população adora outros deuses e profetas: Amon, Zeus, Allah, Odin, Javé, Oxalá, Brahma etc. e tal. Existem centenas ou milhares de religiões, e nenhuma delas tem o direito de se considerar melhor do que a outra, na minha humilde opinião.

Contei também que, nos anos 1960, a popularidade dos Beatles era tão grande que, sim, é possível que, ao redor do mundo, mais gente conhecesse a banda do que Cristo.

– Mas tinha jeito de contar, pai?

– Acho que não... Estamos falando de alguns bilhões de pessoas! Não há como calcular quantos conhecem o cantor X ou o deus Y. Mais importante que tudo, meu filho, é a mensagem que ficou: "Amar ao próximo como a ti mesmo". Ou, em bom inglês: *All you need is love*.

Sobre o realismo

Quem já viu o desenho animado *Titio Avô*, do Cartoon Network? É um dos favoritos do meu filho, Dedé. Os personagens são muito bizarros:

- um velhinho maluco, meio mágico, com uma pochete que fala e um chapeuzinho de hélice (o Titio Avô);
- uma tigresa que se movimenta pelo ar soltando puns de arco-íris (a Tigresa Surreal);
- uma fatia de *pizza* com óculos de sol (o Steve Pizza);
- um bicho meio dinossauro de camiseta regata (o Sr. Gus).

Pois bem: hoje no almoço o Dedé veio reclamar:

— Eu não acho esse desenho muito realista.

– É mesmo, Dedé? – respondi com ironia. – Por que você acha isso?

– Porque o Titio Avô nunca muda de roupa.

Dei uma gargalhada das boas. Que coisa mais engraçada: aquela galeria de personagens esquisitíssimos não incomodou em nada o Dedé, nem o levou a considerar o desenho pouco realista. Mas não trocar de roupa? Como assim? Isso ele não engole.

Fiquei lembrando minha infância, lendo incansável os gibis do Asterix, do Tio Patinhas, da Turma da Mônica. Vendo os Flintstones e os Jetsons na tevê. Como eram as roupas deles? Será que trocavam de figurino? Fui pesquisar na internet e acabei de confirmar: todos usavam sempre a mesma roupa. Asterix com sua calça vermelha e regata preta. Patinhas com seu casaco vermelho, meio roupão, ideal pra mergulhar na piscina de dinheiro. Fred Flintstone com sua pele de leopardo (ou algum bicho parecido) e a gravata azul. E por aí vai.

Todos aqueles personagens usavam, sempre, as mesmas roupas, e eu nunca vi nada de estranho. Talvez eu fosse menos observador do que o meu filho para esses detalhes do cotidiano, como trocar de roupa todo dia. Acho que sempre me liguei mais nas histórias, nos diálogos, na ação do que no visual dos personagens. Ou, então, vai ver que o tal realismo nunca me fez a cabeça mesmo.

Um título absurdo

E m meus quase trinta anos de jornalismo, vi poucas man-chetes tão bizarras (e hilárias) quanto esta que vi hoje na página do *Correio brasiliense*: "Homem que guardava maco-nha e jabuti em casa é preso nu e ensaboado no Gama". Juro: é uma manchete real, publicada em 17 de junho de 2020.

O título me fez lembrar dos dadaístas, grupo de artistas do início do século XX que bolava modos absurdos e aleatórios de criar um texto. Se você não conhece, vale a pena pesquisar o dadaísmo, já que o movimento influenciou vários modernis-tas brasileiros, além da turma da poesia concreta.

Pois bem: ao ver a manchete do *Correio*, tive a ideia de criar novas versões para ela usando uma técnica dadaísta: abrir o dicionário em uma página aleatória e selecionar o primeiro substantivo ou adjetivo que aparecer, encaixando na frase da seguinte forma: Homem que guardava (*inserir substantivo*) e (*inserir substantivo*) em casa é preso (*inserir adjetivo*) e (*inserir adjetivo*) no Gama.

Dicionário na mão, as três primeiras manchetes que saíram foram:

1. Homem que guardava cascata e luneta em casa é preso manquitola e dengoso no Gama.

2. Homem que guardava turbante e pirilampo em casa é preso sonâmbulo e leviano no Gama.

3. Homem que guardava musse e carrilhão em casa é preso pegadiço e lactente no Gama.

Adorei! Cada uma delas daria margem a um conto surreal, talvez um conto de mistério ou suspense.

E aí, leitor, topa entrar na brincadeira? Aposto que vai conseguir frases tão divertidas quanto essas. E depois, quem sabe, pode até criar minicontos a partir das frases.

Homem que guardava _____ **e** _____ **em casa é preso** _____ **e** _____ **no Gama.**

Tamanho não é discernimento

Meu amigo André Ricardo Aguiar, escritor paraibano, diz que as livrarias e bibliotecas são lugares propensos à fofoca. Segundo ele, os livros espicham até as orelhas...

Não sei se é por isso, ou se eu é que sou muito abelhudo, mas o fato é que costumo ouvir, em livrarias e bibliotecas, as conversas mais engraçadas, como também os maiores micos. Vamos começar pelo mico.

Outro dia, em Porto Alegre, escutei um diálogo capaz de fazer tremerem em seus túmulos os grandes Foucault e Da Vinci.

Um senhor muito bem vestido, de sobretudo e cachecol, apontou um livro e disse a uma moça:

– Outro chato é esse Foucault. Já leste?

Ela balançou a cabeça, negativamente. Ele continuou:

– Foucault era homossexual, como o Eduardo da Vinci.

Saí de perto, pra rir na calçada.

Um riso incomodado, claro. Afinal de contas, a livraria é um ambiente onde a gente espera encontrar pessoas esclarecidas, abertas a todas as vozes, cores, crenças, orientações políticas e sexuais. É o lugar do conhecimento e da pluralidade. Eu não esperava que meu xará Da Vinci tivesse que testemunhar uma frase tão ignorante e preconceituosa feito aquela.

Para não terminar a crônica num tom amargo, passo para o segundo caso, ocorrido no dia seguinte, na biblioteca de uma escola em São Leopoldo, também no Rio Grande do Sul.

Eu estava conversando com uma turma de 1º ano primário – alunos de 6 a 7 anos, sem sobretudo nem cachecol –, quando um deles me fez a pergunta:

– Leo Cunha, qual o melhor livro que você ainda não escreveu?

Diante da maravilhosa provocação, fiquei pensando alguns segundos e, enfim, bolei uma resposta:

– O melhor é o livro que ainda está no meu cérebro, tentando fugir de mim. Mas uma hora eu consigo capturá-lo.

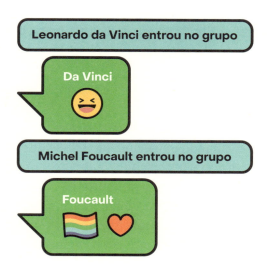

Baixando a bola

No dia em que comemorou 50 anos, o Jornal Nacional, da Rede Globo, teve 27 apresentadores se revezando na bancada mais duradoura do Brasil. Um apresentador para cada estado brasileiro, mais um pelo Distrito Federal.

Quando vi a lista dos 27, tive uma bela surpresa: dois deles foram meus alunos no curso de jornalismo do UniBH: o Lyderwan Santos (representando Sergipe) e a Aline Aguiar (representando Minas).

Claro que mandei meus parabéns aos dois, de um professor orgulhoso!

Ao mesmo tempo, o caso me fez pensar em um lado curioso da profissão. Quando entram na faculdade de Jornalismo, muitos alunos dizem que seu sonho é um dia apresentar o Jornal Nacional. Isso naqueles primeiros dias de aula, quando a gente faz uma rodinha pra todo mundo se apresentar e começar a se conhecer. Na fala dos calouros, só dá o JN, às vezes o Fantástico, ou uma dessas mesas-redondas de futebol.

Nós, professores, logo tratamos de baixar a bola: "Não é bem assim, moçada!". O mundo do jornalismo é um grande funil, com a pontinha bem fina. Quase ninguém consegue atravessar tudo e sair lá do outro lado. Mas de vez em quando acontece, como estou vendo agora.

Vale lembrar que, nos últimos anos, esse sonho de "ser apresentador do JN" perdeu um pouco de espaço, sendo substituído frequentemente por "ser um *youtuber* de sucesso". Bom também.

O mais importante, claro, é ser um jornalista ético, corajoso e competente, mesmo que nunca alcance a fama de um William Bonner. Ou de um Felipe Neto.

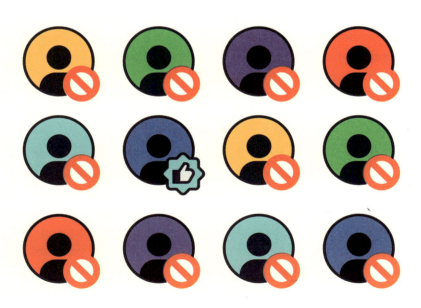

Tem pesquisa pra tudo

S aiu na *Folha de S.Paulo* a inusitada manchete: "Comer sobremesa ajuda a emagrecer, dizem pesquisadores americanos". No Facebook, minha amiga Márcia saiu logo comemorando e já ia encomendar um estoque anual de leite condensado.

Mas calma lá: você não reparou ainda que tem pesquisa americana pra tudo quanto é gosto? É sério mesmo. É verdade esse "bilete"...

Você gosta de comer parafuso enferrujado com molho de água tóxica da Vale? Pesquisa americana comprova que parafuso enferrujado com molho de água tóxica da Vale faz bem para o fígado, ou para os rins, ou para algum órgão do corpo...

Nada disso me espanta. Afinal de contas, quem toma coca-cola com mel tem mais chance de fotografar um pinguim na primavera. Ou vai dizer que você não sabia disso? Não leu a pesquisa?

Mas voltemos às redes sociais, pois meus amigos se empolgaram muito com essa notícia.

A Betânia conta que leu no jornal, outro dia, uma pesquisa decretando: "Quem bebe café sem açúcar tem mais chances de ser psicopata!".

A Maíra emendou com outra: "Dizem os pesquisadores que quem tem gato tem mais chances de desenvolver doenças mentais".

Será que isso significa que quem tem gato e bebe café sem açúcar já pode encomendar sua carteirinha de terrorista?

Outra amiga, a Elvira, lembrou que a Emília (a boneca do *Sítio do Picapau Amarelo*) perguntou sabiamente, no livro *A reforma da natureza*: "Embasamento científico é o que faz as pessoas acreditarem na gente?".

Na mosca, Emília! Viva as pesquisas! E viva a sobremesa!

Páginas	2
Palavras	251
Caracteres (sem espaço)	1.243
Caracteres (com espaço)	1.484
Parágrafos	10
Linhas	31

Eu sou outros

Em 1984, quando fiz intercâmbio nos EUA, um dia fui participar de uma campanha de doação de sangue lá no High School. Fiquei um tempão na fila e, quando chegou minha vez, a enfermeira começou a preencher o formulário de doação.

Perguntou meu nome, idade e, na hora que chegou à "raça", ela me perguntou:

– Você é hispânico?

– Eu sou brasileiro.

Ela coçou a testa, sem saber o que pôr.

– Pela sua cara, eu poria branco, mas pelo seu sotaque eu poria hispânico.

Perguntei, com ingenuidade falsa (ou nem tanto):

– Isso faz alguma diferença na qualidade do sangue?

Ela ficou meio sem graça:

– Não, não é isso... é que no formulário eu preciso pôr Branco, Negro, Hispânico ou Outros.

– Não pode pôr "todas as alternativas acima"? – perguntei, sem disfarçar uma pontinha de orgulho. – Lá no Brasil, a gente é uma verdadeira mistureba. Tem um pouquinho do sangue de cada etnia correndo nas veias de todos nós.

Ela me olhou como se eu fosse um cara meio bizarro, rabiscou alguma coisa disfarçadamente e chamou o próximo da fila.

Até hoje não sei se eu era eu mesmo ou se era "Outros".

Telemarketing e cia.

1.

Que tal este ultimato que recebi hoje, por *e-mail*, de uma editora de jornais diários e revistas semanais?

"Últimas horas para explicar o porquê de ter cancelado sua assinatura."

Reli umas três vezes, para ter certeza de que meus olhos ou meu cérebro não estavam de pegadinha pra cima de mim. Mas era aquilo mesmo. A editora não gostou de ver que eu tinha cancelado a assinatura e agora queria me apertar contra a parede pra eu explicar os motivos. Como diriam no interior de Minas: Tem base?

Imagine uma loja te ligando: "Última chance pra explicar por que você não compra aqui!".

Um cinema te ligando: "Último dia pra você explicar por que não veio assistir *De pernas pro ar 3*!".

Um político te mandando WhatsApp: "Explique agora por que não votou em mim ou sofrerá as consequências!".

Estamos vivendo num mundo surreal. Parece que ninguém mais aceita ser rejeitado, ninguém suporta uma frustração. Talvez seja por isso que todo dia a gente vê, na mídia, a notícia de um fulano que não aceitou o fim do namoro, do noivado, do casamento, e decidiu agredir a companheira.

2.

Poucos dias depois, recebo outro ataque do *telemarketing*. Dessa vez via WhatsApp.

– Bom dia, sr. Rogério, tudo bem? Me chamo Daniela, sou consultora educacional da Faculdade X (*não vou revelar o nome da escola aqui*). Recebi informações que o senhor tem interesse em iniciar um curso de pós-graduação. Qual seria sua área de interesse?

– Bom dia, Daniela, você me mandou a mensagem por engano. Não sou Rogério.

– Peço desculpa pelo equívoco. Qual o seu nome, por gentileza?

– Leonardo. Leo Cunha.

– Sr. Leonardo, no dia de hoje tenho condições especiais nos cursos de pós-graduação. Qual seria sua área de interesse?

– Não tenho interesse. Já tenho doutorado.

Mas ela desistiu? Claro que não.

– Compreendo. Porém no dia de hoje tenho uma condição imperdível e mais de 850 opções de cursos.

– Por favor, me retire dessa lista. Como expliquei, já fiz doutorado e não estou procurando cursos de especialização. Obrigado.

Por incrível que pareça, a moça continuou insistindo!

– Compreendo. Peço desculpa, mas em momento nenhum quis ser incômoda. Apenas estava lhe ofertando uma condição especial em uma das 100 melhores faculdades...

Aí eu tive que bloquear!

Essa turma do *telemarketing* não desiste nunca... Já ouvi dizer que as atendentes são obrigadas a insistir, insistir, insistir até não poder mais. Precisam cumprir metas e seguir ordens, senão são engolidas e cuspidas pelo sistema. Se eu falasse: "Infelizmente, o Leo já está morto e enterrado", ela diria: "Não tem problema, a gente tem curso a distância".

Tostões

Quando pequeno, eu morria de rir do jeito como meu avô falava mal dos outros – fosse um inimigo, um desafeto, ou meramente alguém que ele achava chato, enjoado, inconveniente. "Esse aí é uma ferida!", "Isso aí não vale o sal do batismo", "Não vale o chão que pisa!", sempre com uma mistura de impaciência e ironia.

Mas uma das tiradas do vô me deixava confuso e encucado. "Esse aí não vale um tostão!" Afinal de contas, um dos meus maiores ídolos se chamava justamente Tostão. Era o grande craque do Cruzeiro e da seleção brasileira, centroavante campeão do mundo na Copa de 1970.

Só muito depois descobri que a palavra tostão significava uma moeda de pequeno valor. O tal do tostão, com "t" minúsculo, era o nome de um dinheiro antigo. Já o "meu" Tostão, com "T" maiúsculo, valia muito.

Lembrei-me disso um tempo atrás, quando o governo brasileiro resolveu dar um prêmio a todos os jogadores campeões do mundo das copas da Suécia, em 1958; do Chile, em 1962;

do México, em 1970; dos EUA, em 1994; e do Japão/Coreia, em 2002. Curiosamente, todos os jogadores aceitaram o dinheiro. Menos o meu ídolo, que não aceitou um tostão...

A princípio, a justificativa para a premiação parecia muito louvável: os campeões deram muita alegria ao povo e agora estavam (pelo menos alguns deles) passando dificuldades financeiras. Seria a correção de uma injustiça histórica, já que, até algumas décadas atrás, os craques da bola não ficavam milionários. Hoje em dia, como lembrou uma aluna minha, alguns jogadores trazem até no nome a sugestão de riqueza. Temos *sheiks* e imperadores desfilando pelos gramados.

Mas não demorou muito para começarem as reclamações. Por exemplo: Por que premiar somente os campeões mundiais do futebol? E os jogadores da seleção de basquete, que foram campeões mundiais duas vezes, na década de 1950 e 1960? Eles não merecem o dinheiro também? E os medalhistas olímpicos? Como escolher quem recebe e quem não recebe a premiação?

Na dúvida, parece que quem escolheu o melhor caminho foi o Tostão, que, depois de pendurar as chuteiras, formou-se em Medicina e hoje trabalha também como (ótimo) comentarista esportivo. Afinal, como reza outro ditado: de tostão em tostão, vai-se a um milhão.

Pequena crônica *offline* sob o sol de Brasília

Hoje em dia, temos na mão (isto é, no celular) uma enciclopédia, um dicionário, um catálogo telefônico, um guia turístico, um mapa, uma bússola... Tudo ao mesmo tempo. Seria fácil, portanto, encontrar um lugar pra almoçar ali perto do hotel onde estou hospedado em Brasília.

Mas... meu celular está sem bateria. Então tenho que me transferir para o modo *offline*. Caminho até a recepção e pergunto ao gerente:

– Tem algum restaurante aqui perto?

Ele faz uma careta.

– Xiii, tem só o Xanxai.

Agora eu é que faço careta.

– Xanxai? Não sou muito fã de comida chinesa...

– Não é chinesa, não, senhor.

– Japonesa?

– Também não... – ele estranha. – É comida normal.

Resolvo arriscar o restaurante de comida normal, apesar do nome oriental.

Sob o sol do meio-dia em Brasília, atravesso alguns quarteirões, até que chego, suado, ao local indicado.

Na placa: "Sunshine".

Ah, bom... Talvez o gerente estivesse se referindo ao sol do meio-dia.

O Natal e o varal

Natal, tempo de amor, solidariedade, comunhão, confraternização. Imagine um mundo sem países, cantou o John Lennon.

Em quase todo o Hemisfério Norte, o cenário natalino é composto de neve. Combina perfeitamente com os gorros vermelhos, com os pinheiros verdes, com o trenó do Papai Noel. E no Brasil?

Por aqui, na época do Natal, temos que nos virar com a chuva, as enchentes, os desmoronamentos... e os varais cheios de roupa. Esta semana ouvi de relance, no supermercado, uma moça dizendo o seguinte: "Odeio esta época de chuva. Não é pelas enchentes não, é a roupa do neném que não seca de jeito nenhum".

Que absurdo! — dirão muitos leitores. Que egoísmo dessa mulher, que insensibilidade! Sua roupa molhada é mais importante do que as vítimas da enchente? Será que ela nunca ouviu o que cantou o Lennon? "Então é Natal, para os fracos e os fortes, para os ricos e os pobres, o mundo está tão errado".

Mas não vamos nos precipitar, amigos. Não condenemos essa moça sem pensar melhor na infeliz frase que ela disse no supermercado, enquanto escolhia os pepinos. Quem sabe não conseguiremos detectar em sua frase uma sombra do espírito natalino? Afinal de contas, o coração dela está voltado para algo extremamente importante nesta época: o neném. Se não cuidarmos do neném, o que será do mundo?

Se alguém não tivesse secado as roupas do menino Jesus, talvez a história do mundo fosse outra. Talvez ele pegasse uma gripe, uma pneumonia. Talvez não crescesse para pregar a tolerância, a igualdade. Talvez não deixasse um exemplo de amor ao próximo.

Mas acho que não foi bem aquilo o que a moça do supermercado quis dizer. Ela não deve ter nada contra as vítimas da enchente; só está preocupada com a roupa do neném, ora! Como comentou minha amiga Paula: "Só quem tem uma pilha de roupas de criança pra lavar entende a dimensão do problema dessa infeliz".

Fazendo um esforço, poderíamos até identificar na moça do supermercado o ideal tão difundido nos anos 1960, inclusive pelo próprio Lennon: "Pense globalmente, aja localmente". Ou, nesse caso: Lembre-se do vendaval, mas cuide do seu varal.

Bartolo-nosso

(escrita no dia da morte do escritor Bartolomeu Campos de Queirós)

Bartolomeu não era meu, era nosso. De todo mundo que ama a poesia, a literatura, a leitura, a memória, o ensino, o encanto. Mas, no início dos anos 1980, eu tinha a impressão de que ele era só meu.

Ele tinha publicado dois livros no início da década de 1970 – *Pedro* e *O peixe e o pássaro* –, mas ambos saíram de catálogo e desapareceram do mapa durante anos. Aí, em 1980, minha mãe fundou uma pequena editora e seu primeiro passo foi recuperar essas duas obras-primas do Bartolomeu.

Foram os primeiros de vários livros do Bartô que eu tive a sorte de ver nascendo e crescendo, todos repletos de poesia, reflexão e provocação, marcas registradas do autor. Eu estava entrando na adolescência e pude acompanhar (de intrometido que sempre fui) o processo de ilustração, de editoração, de lançamento.

Além disso, eu passava muitas tardes na editora (que era também uma "casa de leitura e livraria"), e o Bartô passava por lá quase todo dia, ou pelo menos foi assim que a minha memória guardou, num ato rebelde de bartolomice.

Quando comecei a escrever, ele foi uma influência clara, descarada. Meu *O sabiá e a girafa* deve um bocado ao melancólico *O peixe e o pássaro*. Meu *Sinais trocados* segue os passos da hilária *História em 3 atos*.

Meu estilo, se é que algum dia consegui chegar perto disso, foi fermentado numa mistura do lirismo e do "memorialismo" do Bartolomeu com o humor e o *nonsense* de outros dois escritores que também foram embora cedo demais: os saudosos Sylvia Orthof e José Paulo Paes.

Muitos anos depois, tive a honra de dividir com o Bartô dois livros: o infantil *Olhar de bichos* e o teórico *O que é qualidade na literatura infantil e juvenil*. Além de muitas conversas em lançamentos, feiras de livros, aeroportos, onde quer que a literatura infantil levasse a gente. Levava.

Como seu personagem Pedro, o Bartô foi embora com o coração cheio de domingo. Mas os livros ficam pra todos os dias.

Tchau para o gênio
de *O gênio do crime*

(escrita no dia da morte do escritor João Carlos Marinho)

Difícil acreditar que na semana passada eu estava nas redes compartilhando uma reportagem sobre os 50 anos de lançamento de *O gênio do crime*, e hoje veio a notícia da morte do escritor João Carlos Marinho.

Vou homenageá-lo com um dos meus trechos favoritos do livro.

A cena é a seguinte: o gordo (Bolachão) e o Edmundo estão atrás do cambista que vende figurinhas falsificadas do álbum do campeonato brasileiro. De repente os meninos veem o cambista embarcando num bonde, lá embaixo na ladeira. Abro aspas pro livro:

"Bolachão parou no cume da ladeira e pensou:

– Péra bonde que eu te pego.

E riscou pela ladeira, minha Nossa Senhora, como essas pedras que rolam da encosta até o vale, asteroide caminhão sem breque inclinado oblíquo para frente muito compenetrado e os pés lá atrás pedalando pedalando.

Foi se aproximando do bonde e, naquelas frações de segundo, lembrou a lição que o Edmundo ensinara uma vez em

Santos, quando brincavam de pegar bonde andando na beira da praia:

– O negócio é fixar bem o olho no pau do balaústre, ir com fé, não pensar em nada e, ao emparelhar o bonde, dá-se uma acelerada final, um pinote e tum! Agarra-se o pau e põe-se o pé no estribo.

O gordo obedeceu às instruções: foi com fé, não pensou em nada, fixou no balaústre, deu a acelerada final, mas na hora do pinote e do tum! é que não decolou e em vez de tum! fez tchum! no meio da rua".

Eu tinha uns 9 ou 10 anos quando li *O gênio do crime* pela primeira vez, e me diverti como nunca. Muitos anos depois, lendo o livro com minha filha Sofia (cada um lia um capítulo, revezando), senti algo molhado na perna. Não é que a bandida estava rindo tanto do livro que fez xixi no pijama, na cama e em mim?!

E pensar que o *Gênio* (aliás, toda a série da turma do gordo) hoje em dia teria dificuldade para ser publicado. Os argumentos seriam mais ou menos assim:

- "Não dá pra publicar porque o personagem principal é gordo e tem apelido de Bolachão."

- "Não dá pra publicar porque os meninos têm 10, 11 anos e estão correndo atrás de um bandido na rua."

- "Não dá pra publicar porque aparecem bebidas, charutos e cachimbos no meio da meninada."

- "Não dá pra publicar porque falta um tanto de vírgulas." (Pô, revisor, mas é proposital, pra dar o ritmo.) "Mesmo assim não dá, sinto muito."

João Carlos pouco se lixava para o gramatical e o politicamente correto. Era um sujeito abusado e engraçadíssimo, no texto e na vida.

Eu o conheci pessoalmente quando tinha uns 14 anos, por aí. Na época, minha mãe tinha uma livraria em Belo Horizonte, que trazia mensalmente um grande escritor para lançar livros, conversar com a meninada e visitar escolas.

Fiquei fascinado com o autor, como já era com a obra. Ambos tratavam a criança e o adolescente como um ser esperto, curioso, inteligente, e não saíam mastigando tudo pra facilitar. Pelo contrário. Eram provocadores, desafiadores.

João Carlos foi um grande mestre do policial. *Berenice detetive*, por exemplo, é uma obra-prima. Foi um mestre do *nonsense* também. *O caneco de prata* é uma piração maravilhosa.

Ao mesmo tempo cheia de tensão e humor, sua obra agradava igualmente aos jovens, seus professores e seus familiares. Na livraria da minha mãe, a procura pelos seus livros era muito espontânea, sem depender da "adoção" de escolas. Bem do jeito que deveria ser, no mundo ideal da literatura.

Continuemos lendo, rindo e nos surpreendendo com a obra imortal de João Carlos Marinho.

E, claro, um grande abraço para sua família.

Sobre ratos e brincos

Li na página da minha amiga Rosa Amanda Strausz um texto sobre a mania brasileira – pelo menos de uma certa classe média nacional – de manter a casa sempre "um brinco", limpíssima, aquela onde você pode passar o dedo em qualquer móvel e nunca achar uma poeirinha sequer. (Parêntese meu: que feio esse hábito de sair metendo o dedo em móveis e cumbucas alheias!)

Pois bem: voltando ao texto da Rosa Amanda, ela desconfia que a neura pela casa impecável traz ecos de uma mentalidade escravocrata. Claro, é uma delícia ter a casa limpa e cheirosinha, mas será que não estamos exagerando de vez em quando?

Essa história me fez lembrar de um causo curioso. Fui algumas vezes para a Europa na base do *home exchange*: a gente fica na casa de uma família europeia, que, por sua vez, vem pro Brasil e fica em nossa casa.

Nenhum desses apartamentos era "um brinco". Uns eram mais limpos, outros menos. Aliás, veja que curioso: o nosso apartamento favorito em Paris foi justamente um bem central, atrás da Igreja Saint Eustache, ao qual nos referimos, até hoje, como "o apartamento dos ratinhos". Já deu pra adivinhar o motivo, né?

Nos três primeiros dias de estadia, encontramos uns adesivos estranhos nos cantinhos do lugar e, sem saber o que era, deixamos pra lá.

No quarto dia, ouvimos um barulhinho atrás do sofá. O que era aquilo? Algum vazamento? Algum urso passeando nos canos, como imaginou o Julio Cortázar num livro maravilhoso (*O discurso do urso*) que eu tive o prazer de traduzir?

Espiamos atrás do sofá e *voilà*: tinha um ratinho preso no adesivo. Branquinho, três centímetros, se tanto, sem contar o rabo.

O adesivo era uma ratoeira moderna, uma espécie de armadilha biodegradável que até então eu desconhecia.

A primeira reação foi de susto e nojo, mas continuamos lá durante dez dias, numa boa. Apareceram mais uns dois ou três *ratatouilles*, que se prendiam no adesivo e logo morriam. Nenhum deles cozinhou pra gente; então, sinceramente, não senti pena dos bichinhos. *Desolé*, Pixar...

E tenho que confessar uma coisa: que saudade do apartamento dos ratinhos!

As respostas

E aqui está a solução do desafio lançado lá no início do livro.

1. **Já fui a todos os estados brasileiros, com exceção do Amapá e Tocantins.**
   VERDADE Um dos grandes baratos da vida de escritor é viajar pelo país inteiro, dando oficinas e participando de mesas-redondas, tardes de autógrafo, bate-papos com leitores. Em 2017, tive a oportunidade de passar uma semana deliciosa no Acre, desmentindo o boato que circula na internet de que aquele estado é apenas uma ficção.

2. **Sou extremamente distraído e já esqueci minha avó no supermercado.**
   VERDADE Com meus 18, 19 anos, costumava levar minha vó, de carro, ao supermercado Champion, na Pampulha. Enquanto ela fazia as compras, eu ficava ouvindo *rock* no

estacionamento. Certa vez, distraído, liguei o carro e fui embora. Uns 10 minutos depois, chegando na casa do meu amigo Mauro, me dei conta de que a pobre da vó Olívia tinha ficado pra trás...

3. **Quando morei nos Estados Unidos, em 1984, tive duas namoradas, as duas ruivas.**
   VERDADE Susan e Christie foram minhas duas namoradas ruivas, nos bons tempos de intercambista na Greenville High School, no Texas.

4. **Quando criança, tive três porquinhos-da-índia, chamados Lik, Kid e Ficador.**
   VERDADE O casal de porquinhos-da-índia se chamava Lik (a fêmea) e Kid (o macho). Eu tinha uns 8 anos. Quando nasceu o filhotinho, não resisti a batizá-lo de Ficador. Assim os três juntos eram Likidficador. Já até escrevi uma história sobre isso, chamada *Os dois porquinhos e meio*.

5. **Já vi o filme *Cantando na chuva* mais de 30 vezes.**
   VERDADE Adoro musicais no cinema e no teatro. *Cantando na chuva* é um filme que sempre passo para meus alunos da disciplina "Linguagem Audiovisual", no curso de Jornalismo. Como dou aula há mais de 20 anos e tenho até quatro turmas por ano, já sei o filme quase todo de cor.

6. **Sou canhoto para escrever e destro para chutar bola.**
   VERDADE Sou o que a ciência chama de "ambidestro". Quando pequeno, meu filho achava que eu chutava com a

direita só pra deixar ele ganhar os jogos. Mas não sou tão bonzinho assim...

7. Tenho uma coleção de marcadores de livro com mais de 3 mil exemplares.

VERDADE Nessa aí admito que dei uma roubadinha, pois considerei, na conta, uns 500 marcadores dos meus próprios livros, que recebi das editoras e ainda não terminei de distribuir. De todo modo, minha coleção já tinha 2.500 marcadores na última vez que contei, há uns dois anos.

8. Já acertei um tiro numa placa de trânsito a 30 metros de distância.

MENTIRA O tiro foi de 10 metros.

MENTIRA de novo. Nunca dei tiro nenhum. Tenho horror a armas de fogo e não entendo nada desse mundo dos atiradores. E, cá entre nós: dar tiro em placa de trânsito é das coisas mais cretinas que um sujeito pode fazer na vida!

9. Sou carnívoro, mas tenho surtos contra carne vermelha. Num deles, nos anos 1990, fiquei dois anos sem comer nada de boi, porco e cia.

VERDADE Tenho mesmo essas fases anticarne vermelha. O motivo não é exatamente ecológico, nem do tipo "coitado do bichinho". É que meu organismo não digere muito bem a tal da carne vermelha. Meu sono é sempre péssimo depois de um churrasco ou de uma feijoada. Então vira e mexe eu resolvo parar. Mas depois passa. No fundo eu comeria peixe todos os dias da vida, se não fosse tão caro...

10. Não sei tocar nem o bife no piano, mas tenho mais de 80 poemas e letras musicadas.

VERDADE Minhas habilidades musicais são lamentáveis. Felizmente, tenho parceiros espalhados pelo Brasil inteiro que musicaram minhas letras e poemas: Bernardo Rodrigues, Thelmo Lins, Wagner Cosse, Zé Campelo, Ana Paula Miqueletti, Renato Lemos, Zebeto Correia, Renato Villaça, Salatiel Silva, Luiz Macedo, André Abujamra, entre outros...

leo cunha

Fernando Rabelo

Durante anos, fui cronista de jornais como *O tempo* e *Hoje em Dia*, e tinha como obrigação criar um texto por semana. Não podia alegar: "Hoje não tem crônica, estou sem inspiração". O espaço estava ali, em branco, à minha espera. Um desafio fascinante mas implacável.

Tempos depois, já longe dos jornais, o trabalho nas redes sociais me permite uma rotina bem mais flexível, pois passei a escrever crônicas (ou quase crônicas) sem compromisso nem prazo. Agora não havia mais um espaço em branco me encarando com ar de condenação e súplica. Eu mesmo ditaria meu ritmo, e não precisaria acelerar as ideias, turbinar o motor, aumentar a isca no anzol. E a inspiração, musa matreira e espevitada, não deixou de pintar – até porque as próprias redes nos atiram assuntos sem parar: casos, notícias, enquetes, memes e memórias.

Vários desses textos estão reunidos aqui. Se curtir, procure também meus outros livros de crônica e, claro, siga minhas redes sociais. Você pode saber mais informações em: www.escritorleocunha.com.

rafael nobre

Arquivo pessoal

Desenhar sempre foi uma das minhas atividades favoritas. Por ser muito tímido, era uma das formas de me comunicar e entender meus sentimentos. Na adolescência, comecei a desenhar no computador e a criar *sites*.

Esses interesses me levaram ao curso de Design Gráfico na Universidade Federal do Rio de Janeiro (UFRJ), que tinha um pouco de cada coisa que eu gostaria de aprender: desenho, fotografia, história da arte e computação gráfica. Durante a faculdade estagiei no Grupo Editorial Record, onde tive o primeiro contato com o *design* e a ilustração de livros e não parei mais de me aperfeiçoar nesses campos.

O que mais gosto nesse trabalho é o desafio de criar imagens com base em um texto. Trabalhar com símbolos, tipografia, formas e cor são alguns dos recursos para dar concretude àquilo que até então só existia na imaginação.

Exerço essas duas atividades, a de *designer* e a de ilustrador, desde 2007. E o livro é uma de minhas paixões. Você pode me acompanhar e trocar uma ideia comigo no Instagram: @rafaelnobrestudio.

Este livro foi composto com as famílias tipográficas
Object Sans e Bommer Slab para a Editora do Brasil em 2021.